Gwen

Argraffiad cyntaf: 2021
© testun Casia Wiliam, 2021
© lluniau Gwen Millward, 2021

Cynhyrchwyd y gyfrol hon gyda chymorth ariannol Cyngor Llyfrau Cymru.

Rhif llyfr rhyngwladol:
978-1-914303-07-4

Cyhoeddwyd yng Nghymru gan Llyfrau Broga, Yr Eglwys Newydd

www.broga.cymru

Gwen

Bywyd Lliwgar Gwen John

Geiriau gan Casia Wiliam
Lluniau gan Gwen Millward

Roedd teulu Gwen John yn byw mewn tref yng ngorllewin Cymru o'r enw Dinbych-y-Pysgod. Dyna le braf i fyw, reit ar lan y môr.

Dyn blin oedd tad Gwen, ac roedd ei mam yn sâl yn aml.

Pan oedd Gwen yn wyth oed bu farw ei mam, ac roedd Gwen a phawb o'r teulu yn drist iawn, iawn.

Roedd Gwen a'i brodyr a'i chwiorydd yn hoff o dreulio amser ar lan y môr, ac yno byddai Gwen a'i brawd Augustus yn aml yn tynnu lluniau o'r cregyn, y pysgod a'r gwylanod gyda phensel a phapur.

Roedd y ddau yn dda iawn am dynnu llun.

Ar ôl iddyn nhw dyfu penderfynodd Gwen ac Augustus eu bod
eisiau bod yn arlunwyr, ac aeth y ddau i goleg yn Llundain er
mwyn dysgu popeth am arlunio.

Roedd Augustus yn hoffi sylw a byddai'n aml yn dangos ei hun. Roedd ganddo lond trol o ffrindiau!

Un wahanol iawn oedd Gwen; yn dawel ac yn hapus i fod ar ei phen ei hun.

Er eu bod nhw mor wahanol roedd Gwen a'i brawd yn ffrindiau, a buon nhw'n rhannu tŷ yn Llundain am gyfnod.

Roedden nhw'n dlawd iawn, ac weithiau roedd yn rhaid iddyn nhw gasglu cnau er mwyn cael rhywbeth i'w fwyta, ond roedden nhw'n benderfynol o aros yn Llundain er mwyn bod yn arlunwyr.

Er bod y ddau yn dalentog, roedd pawb yn meddwl mai lluniau Augustus oedd y rhai gorau.

Er hyn, roedd Gwen yn benderfynol o ddal ati i arlunio; gwneud lluniau oedd ei hoff beth yn y byd.

Ar ôl gadael y coleg teithiodd Gwen i Ffrainc er mwyn dysgu mwy am arlunio.

Ffrainc oedd canolbwynt y byd celf ar y pryd, ond roedd yn dipyn o beth yr adeg honno i Gwen deithio yno ar ei phen ei hun.

Hoffai Gwen baentio lluniau o ferched yn eistedd. Byddai'n defnyddio paent olew ar gynfas.

Erbyn hyn roedd Augustus yn enwog iawn, a phawb yn
dweud ei fod yn arlunydd arbennig, ond roedd o'n credu
mai'r arlunydd gorau oedd Gwen!

Am gyfnod bu Gwen yn gariad i'r cerflunydd byd-enwog, Rodin,
ond wnaeth y ddau ddim aros gyda'i gilydd yn y diwedd.

Arhosodd Gwen yn Ffrainc am weddill ei hoes, yn byw bywyd
tawel a syml, gyda neb ond ei chathod yn gwmni.

Dyma sut roedd hi'n dewis byw, gan ganolbwyntio'n llwyr ar ei chrefft.

Bu farw Gwen mewn pentref bach yn Ffrainc o'r enw Dieppe.

Ymhen blynyddoedd, dechreuodd pobl edrych eto ar ei darluniau, a sylwi pa mor wych oedd ei gwaith – gwell nag Augustus wedi'r cwbl!

Erbyn heddiw mae ei lluniau i'w gweld yn rhai o orielau celf mawr y byd, ac mae llawer yn meddwl mai Gwen yw un o artistiaid gorau Cymru erioed.

Beth am ddechrau casglu'r gyfres newydd o lyfrau am bobl gwych o Gymru:

Enwogion o Fri

Shirley Bassey

Hanes y ferch o Tiger Bay a ddaeth yn seren bop fyd-enwog.

Cranogwen

Merch wnaeth herio'r drefn, o hwylio llongau i farddoni, mewn oes lle nad oedd cyfleoedd cyfartal i ferched.

Aneurin Bevan

Y gwleidydd poblogaidd wnaeth ymladd dros degwch a sefydlu'r Gwasanaeth Iechyd Gwladol.

Orig Williams

Y reslwr cryf oedd yn enwog ar draws y byd fel 'El Bandito'.

Eto i ddod yn 2023:

Ann Griffiths
Y bardd dawnus a ysgrifennodd ganeuon wnaeth ysbrydoli'r genedl.

Betty Campbell
Hanes ysbrydoledig prifathro Du cyntaf Cymru, wnaeth frwydro dros ei chymuned.

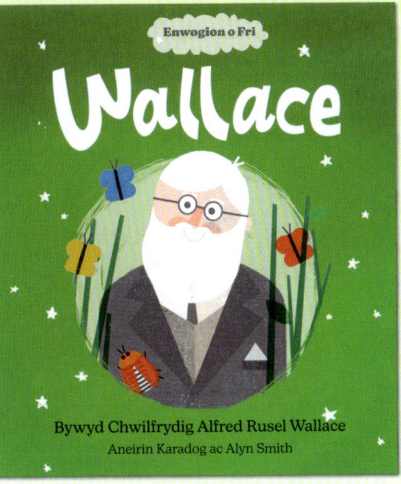

Laura Ashley
Dylunydd ffasiwn wnaeth sefydlu busnes byd-eang o'i chartref yng nghanolbarth Cymru.

Alfred Russel Wallace
Y gwyddonydd anturus wnaeth deithio'r byd gan wneud darganfyddiadau hynod.

Dysgwch am fywydau cyffrous pobl o Gymru, o artistiaid i wyddonwyr, i bobl wnaeth herio'r drefn a goresgyn pob math o rwystrau i gyflawni eu breuddwydion - pob un yn £5.99.

BROGA